KB276246

행복의 껍질은 벗길수록 빛난다

서 정 애

신세림

행복의 껍질은 벗길수록 빛난다

서정애

　어느 날 슬그머니 찾아오듯 괜스레 책이 좋고 시가 좋아
졌다. 그렇다고 본격적인 문학을 전공한 것도 아니고 이
분야를 전문적으로 연구하여 족적을 남긴다는 것도 아니
지만 한 편의 시가 좋고 수필이 좋은 걸 어찌하랴!

　아직 까불지 마 하던 깊은 마음속으로 기를 죽였던 영원
한 남편 말이 어느덧 십년이 흘러갔습니다.
　세월이 지나가도 지워지지 않는 사랑의 마음은 늘 그 흐
르는 시 세계를 동경하고 아름답게 정제된 사랑의 향기를
세상 대열의 계단머리에 세워 오래 오래 몫을 다하고 싶습
니다.

　어수선한 월드컵도 일상의 자리로 돌아와 뜨거웠던 열기
로 한손에 책장 넘겨보는 것도 응원의 한몫인가 생각되며,
새 활자 한 자 한 자는 힘과 생명을 불어넣어 주며 수련과
정진을 계속해야 하겠다고 다짐하면서.

　3집이라는 명목 아래 나름대로의 발자국을 남기고 싶어서 세상에 내놓았습니다.

　이 시집을 맡아서 발간해 주신 신세림 출판사 편집인들에게 고마움을 표하며, 졸작을 성의 있게 평론을 해 주신 장백일 원로 문학평론가 님께 진심으로 감사드립니다.

2006년 7월 12일
시인꽃집에서 서정애 씀

Contents

제1부 바람으로 몸 헹구는 새

행복의 껍질은 벗길수록 빛난다

Contents

제3부 억새꽃 출렁이는 지평선

제4부 천년의 고독

행복의 껍질은 벗길수록 빛난다

Contents

제5부 잃어버린 날들의 초상

바람으로 몸 헹구는 새

새해 아침에

아침에 쏟아지는 빛의 향기
힘차게 들려오는 생명의 숨소리
이젠 가난한 가슴에 또 다른 가슴
매듭 솔솔 풀리고
구석마다 숨어있던 어둠도
멀리 달아나리라

이웃 동네 아이들도
훤하게 뚫린 동네 어귀로
두 주먹 움켜잡고 내달리며
왁자지껄 떠드는 웃음소리
새 아침에 파란 희망이
햇살처럼 새록새록 피어오른다.

새천년 아침에

타 오글거리며 솟아오르는 불덩어리
동쪽 먼 바다 우리는 아직도
상기된 모습으로 바라만 보다

아 뜨겁게 타오르는 물결에
적시고 사랑을 충전하는 사람들
바다에서 밀려오는
가쁜 숨소리 듣는다

밤이 새도록
어둔 세기를 골목을 달려
이른 아침
광명한 세상에 정박한 영혼들
우리는 서둘러 하나가 된다.

광복 60년 세월

맺힌 마음 토해 내야한다
닫힌 마음 털어내야 한다
아직도 못 다한
접고 접은 광복 60년

동방의 하늘 아래
그 정결한 높이로
산중의 제일 귀한
우리나라 백두산
남으로 줄기 따라 이어진 산맥
굳게 뻗은 금수강산 삼천리

우람한 생성의 빛줄기 흐르고
남북이 손잡고 하나로 어우러지는
새 아침이 그립다

동강난 산하의 슬픔
오래토록 이기지 못하고
길고 긴 60년 세월 참고 견디어라

생사조차 알 길 없는
우리 형제 어디 있나
얼굴로 뺨으로 흐르는 뜨거운 눈물
보라
이 신성한 신정호의 숨결
들리는가 들리는가

너는 내가 되고
나는 네가 되는
언제쯤 어울려
하나가 되어 춤을 출꺼나.

현충사의 뜰

고즈넉한 뜰에
맑은 햇살이 쏟아지고
진분홍 새색시 자태로운
웃음이어라

낙락장송 저 소나무여
하늘 높이 치솟아
고운 각시 치마 소리
바람 타고 활시위 소리
서리 품었구나

푸른 솔 바라보며
충절을 맹세하던
군호 소리
말굽 소리
온 천지에 맴도는구나.

서해안 일출

거대한 오만은
하늘을 녹이고 바다를 태우며
기어이 제 몸까지 불사르는
격정을 이겨내지 못한 채

옛날 조상 때부터 너는 하루를 버티고
불타야만 오히려 살 수 있었지
오만의 가혹한 형벌을 사르고
만상을 일깨우는 새해 일출

해가 솟아야 만상이 눈을 뜬다.

아산만 까마귀 떼

몇 시간째
텅 빈 하늘을 올려다보며
손가락 사이에 낀 볼펜 습관처럼 돌아가고 있다

수천 마리의
까마귀 떼
모였다 흩어졌다
춤을 추듯 돌고 있다

일렬로 세우지 못한
시어들이 고뇌하는 뇌 속으로
맴돌고 있다
하나 둘 셋…….

백마강

삼천 궁녀가 빠져 죽었다는 백마강에는
옛 노래가 흐르지 않았다 백제와 신라와
고구려의 남은 후손들은 저마다 강 난간에서
사진 찍기만을 무척 좋아함

고란초에는 유독 한 줄기 희미한 백제의
향기가 묻어 있는 것 같다 의자왕이 세월이
눈이 부실 만큼 기대가 컸음일까?

다시 삼천 개의 불꽃이 물위에 피어오르면
강은 또 얼마나 울어야 하나
지난 여름
홍수로 범람한 황토의 비시
꽃들을 위하여 태풍은 잠시 피해 갈 수 있으련만.

구천동 폭포

물
흐르는 물
마냥 흘러가는
물이 되고 싶어요

간혹 만나 어우러지는
가랑비 이슬비
소낙비 벗 삼아

저녁 파도 시비하지 않고
수천 미터 벼랑에서도
두려움 없이 뛰어내리는

그리하여 물어 물어
썩지 않고도 머무를 수 있는 그곳에
마침내 안주하는 그런
물이 되고 싶어요.

구천동 산자락

그리움 가득 담아
칠장사 가다보면

아름드리 적송 한 귀퉁이
보일 듯하다마는

흩뿌린 빗줄기에
저 앞이 묘연하니

한없는 설레임을
시간에 접어가며

힘겨운 산행길
한 걸음 한 걸음 자국에
소망 담아 본다.

천수만의 철새

유영하는 철새 떼
날카로운 부리로
제 온몸을 쑤셔대는
허공에 전신을 맡겨
바람으로 몸을 헹구는 새를 보았지

색 고운 깃털
사방을 키질하는 날개짓
그 정갈함

속과 겉의 때
나뭇가지에 앉아있을 때마다
부리를 쪼아
바람 속에서 몸을 헹구는

하늘을 나는 새의 힘
나는
바람 속에서
목욕하는
새를 보았지.

산사의 메아리

산사의 문 잠그는 소리
누가 재우나
어둠의 자락에
사근거리는 승려의 숨소리는
계곡을 넘는가

적막은 나르는 사근거리는 발목
계곡을 따라 물소리 너머로
출구를 막고 있어

무상은 털어놓은 한 자락
그 마음을 불러놓고
세월이야 뒤로 하고
이렇게
점벙 점벙 걸어야 하나.

내소사의 길

내소사 경내 한적한 오솔길
가끔은 나무 사이로
햇살이 멀어지고 있다

맑은 물소리 이슬 되어
나뭇잎이 춤을 춘다

부처 되기를 마음 먹고
목탁 두드리는 불심
오월의 숲을 향한
마음으로 다가본다

아, 무릉도원이다
심연에 흐르는 반야심경
젖어드는 가슴
950년 된 당산 할머니와 할아버지가
부처가 되라 하시네.

2

눈물의 진주되어

꽃집에서 하루 1

아름다운 그녀
은유의 빛깔이
진주의 눈물로 빛나는 그녀

땅이 진동하고
영혼의 파장이
그녀의 몸을 가두어도

은은한 미소
가까이 다가서기엔
눈부시도록
아름다운 그녀만의 꽃집.

꽃집에서 하루 2

그를 만나는 날이면
내 마음은
아침부터 햇살처럼 눈부시다

그리움이 온 몸에 퍼져
끓어 오르는 보고픔을
밤안개로 삭이다가
그를 만나는 일상이면
설레임으로 보듬는다

그는 늘 포근한 마음
우수에 젖은 눈으로
내 속마음을 읽어 내린다

항상 적당하게 떨려오는
스러지는 나를 지탱해 준다
수정 같은 눈빛으로
그윽이 나만 바라보는 그는

하얀 이 드러나 보일 때
바라만 보고 있어도 난
행복하다.

시인 꽃집에서 3

너를 품에 안고
너의 냄새를 맡으며
내 맘 가득 채워지는
행복감 포만감 그리고 책임감

사랑이란 존재가 이런 것이겠지
누구에게도 가장 정확히 표현할 수 있는
딱 맞게 느껴지는 나의 사랑

내 품에 파고들 때의 행복감
나에게 진하게 키스해 주는
너의 순수 그 자체의 대리만족

세상 어느 것과 비교하겠니
나의 천사 시인꽃집
나의 전부야.

시인 꽃집에서 하루 4

푸른 몸이 있어
한 가지의 나뭇가지
꽃시장에 나온 묘목들
푸르고 곱게
한 번 가르침으로
문도 여니
한 해의 벅찬 끝은
허전해 꽂아 보는 새에
떡잎이 지기도 전에
그 복은 어디로 갈까?
또 어느 방향으로 분해될까?
내 마음의 숲 속에
댓바람만 무성해
새해에는 대만 꽃을
한 마디 한 마디 올리는
동산의 푸른 숲 가꾸리다.

버스를 기다리며

울고 싶을 때 마음껏 울 수 있는 공간이
내겐 없다
때가 지나서야 울고 싶었을 그 때를 생각하며
울어야 하나

지나가는 버스는 잡지 않습니다
사랑하기 때문에 헤어진다는 진실이
아닌 말을 하는 너 없이 어떻게
살아가는 나 말한 사람들

모두 다른 사람과 행복하게 살아갑니다
기다리면 버스는 온다
나는 버스를 기다린다.

발자국

운동장 한 복판에 누워있는
온갖 채취의 발자국들
오랜 노숙을 끝내고
비 맞으며 서로의 경계를 풀고 있다
어스름 짙은 모래 알맹이에
저마다의 무게로 인생의 목표를 그려 넣은 무늬

비의 지문이 지워지고 있다
하수도 쪽으로 뒤로 있는
발자국의 장례를 본다
곡소리 하수구에 묻어 버리고
해체된 발자국들이 아수라장이 되고
무엇도 남겨서는 안 된다고
마음에 새겼던 정까지도
흐르는 빗물에
내 마음 꽃잎을 띄어 보낸다.

돈 돼지의 하루 1

나만의 시간
이 시간만큼
행복인 시간이 또 있으랴

밖으로 나가
허공 속별과 달 바라보며
무언의 대화를 나눈다

내일이면
육 개월이 시작된다
뭔가 잃어버린 것처럼
허전하고 애절한 밤이다

이슬처럼 투명하고 맑게
설렘의 출발점에서
마음을 비운다.

돈 돼지의 하루 2

한 잔의 커피잔에
햇살 몇 올 잡아당겨

육신은 가득 홀에 갇혀 있어도
마음은 먼 봄나들이

나물 캐던 고향 들녘
나무 그늘에 묻혀 있던 학창시절

그리움과 놀라움에
나비 되어 날은다

살짝 여미는 문소리에
아쉬운 고초 접는다.

돈 돼지의 하루 3

붉게 타오르는 꿈은
영욕의 굴곡이 보이는
신비의 깊은 곳까지
남김없이 불을 사른다

다이아몬드가 산소이면서
사랑을 받듯
숯도 다이아몬도처럼
가슴의 진통에
불길을 세우고 몸을 사른다

이글거리는 눈빛
나이테를 한 겹씩
생명의 굽는 빛으로 산다.

돈 돼지의 하루 5

당당하게
야무지게
스칼렛 오하라처럼 살고 싶었다
지고 싶지 않았다

인재가 지금 죽어서는 안 된다고
스스로를 위로하면서
무섭게 일어서자고 했다

그런 내가 무섭다고
자신을 닮아간다고
한 사람이 떠났다

그러나 쓰러지지 않았다
배반하고 배반당하면서 사는 게
인생이란 걸 터득하면서
내내 슬프고 서러웠지만
울지 않기로 했다

세상은 나를 강하게 만들었다
2년이란 짧은 돈 돼지 하루
나는 강한 여자다.

돈 돼지의 하루 6

가만히
눈을 감고
창을 닦으면
꽃잎 뒹구는 소리 들린다

쏟아지는 햇살 속
구름 나비 들

귀 기울이면
소리 없이 피어나는
구름 떼 발자국 소리 들린다

큰 차. 작은 차. 짚동가리만한 차
시동 소리에
파란 다발의 뭉치를 그린다.

노동 현장에서

캄캄한 어둠 속
약한 자의 소요는 시작되고
힘센 자의 팔에 근육이 오른다

뼈가 눌리고 살이 터지며
단련되지 못한 심장은 가늘게 떨린다
천둥은 번개를 밀어 붙이고
태풍의 한가운데서 하얀 이를 드러낸다

겉옷을 찢고
머리털을 휘어잡고
울렁거리는 포화 속에서
한풀이 한 세상 이를 갈면

약한 자의 소요가 그치고
감독자의 소리도 들리지 아니하나니
오직 하루 감사의 눈물 흘릴 때
자신이 아니런가 세상살이…….

오공삼공 친구

사랑한다는 말
이상의 것을 바라보지 말자
진정 뜬구름인 것도 사랑인 걸
더 이상 배 내밀지 말자

오래된 친구처럼
잘 숙성된 김치 한 가닥에
보리밥 한 숟가락이 어떠하랴
그런 친구에게 서슴없이
발길을 돌려보자

술 한 잔에 사랑도
시름으로 마시고
휘청대는 모습도 그리워하자

빈 잔을 놓지 말고
낙엽 지는 날들을 그냥 걷자.

종부

청산의 푸른 꿈은 숨 막히는
불가마 속에 발간 불덩이 되고
기다릴 줄 모르면 재가 되고 마는
나는 기다림 속으로 숯이 된다네

세월이 넘어 영원으로 넘어갈 적에
그 마음은 누가 알까요
내 속은 까맣게 새카맣게 타들까
이 목숨 죽어도 좋다고 누가 말할까

애초부터 사랑하기 위하여 태어나
사랑받기 위해서 있던 나목이여
피 흘려 숲 거닐 때 사랑 때문이었다네
나는 죽은 듯이 살았네

안으로 혼불 타고 있는 모습
또 다른 세상을 꿈꾼다네
불덩이 몸은 삭히면 삭은 듯
삭지 않는 목숨 사랑으로 거듭난
내 이름은 하얀 분

나는 검뎅이 숯이라네.

3

억새꽃 출렁이는 지평선

꽃샘추위

바람이 모여 든다
문패 없는 대문기둥에 매달린
텅 빈 편지함 겉옷을 펄렁이며
기세 좋게 누운 날짜 지난 조간신문
누구세요 아무도 보이지 않는다

연골이 사라진 무릎 관절
서걱서걱 뼈 부딪히는 소리는
마당 한쪽에서 겨우내 불면으로

우울했던 깡마른 백목련
꽃눈이 하나도 없다
조금씩 시간이 지나간다
고인 바람이 담장 위에 앉아
웃고 있다 늙은 햇살은

아직도 잠에 취해 잠꼬대만
요란하고 밝은 아침은
추움과 어두움뿐
무엇으로 구별지울 수 없다

똑, 똑, 똑 어두운 아침에
느릿느릿 마당을 가로질러 오는
독감 걸린 3월
3월은 이렇게 나에게 와서 30분쯤 나와 함께
차를 나누다 울며 서둘러 떠났다.

들 길

먼 쪽으로 얼굴을 돌리면
마음 깊은 데서 새록새록 피어나는
기다림의 아지랑이 길에 깔리고

살포시 여미어 오는
너의 숨결이
꽃향기 묻어와

먼 발치로 다가서는 마음
보일 듯
그저 보여질 듯
그리움 앞세워 길을 나선다

겨울을 이겨낸
우리의 만남은
언제나 새로운 시작

이름 없는 작은 길이라도
들꽃으로 피어나
봄길 상춘객 머물게 한다.

아지랑이

들판
물결치는 아련한 방갈로
대지가 밀어내는
거대한 원의 유리커튼

동서남북
그대로 이어지는
무지개 보라 허무한
잡히지 않는
봄의 정령이어라.

노랑나비

나비들은 꽃을 좋아한다
아름답고 좋은 꽃이라도 그 속에서 끝을 보려하지 않고
노오란 빛 힘이 무한하여
다른 꽃을 찾아 날아가고 싶어한다
세상의 눈은 한 곳에 머물기를 바랄지라도
편히 앉아 향기에 취할 수 있다면
어디든지 찾아가고 싶어한다
한 곳에 머물러 아픔을 삭임질하면서
세월 속에 묻히려하지 않는다
피할 수 없는 것이라면 미련 없이 버리려한다
노래가 있는 곳에 나래를 펴고
빛이 있는 곳을 항해 나래를 편다
불행한 일은 감출수록 아름답고
행복의 껍질은 벗길수록 빛난다
고독을 그리워하지 않고
사랑을 찾아 끝없이 이동한다.

봄

저 산 너머
해 기울어가도
달 그림자
보이지 않고
흔적 없이 드리운
안개 속에
설움찬 바람

빈 가슴
삶의
종착역에
우뚝 선
그림자.

봄의 풍경화

오매 절좀 보소
봄 품은 절집
몽우리가 부풀어 올라
모진 사랑 하나 피워다
아예 꽃 대궐이지요

늙은 절집 지붕 위로
매화꽃 벚꽃이
점점이 떨어지고
흙 마당엔 연산홍 철쭉이
한 가득 피고요

봄은 무채색의 절집에
색깔을 불어넣어 절집 풍경이 절정을
완성시킨다
봄의 한 자락 앞에서.

봄의 왈츠

마른 잎
꽃이 핀다 마른 잎
어깨 들먹이며
길 위의 슬픔을 깨워
묵은 꽃 그 자리 썩은 잎

봄 하늘
꽃들에 지친 꿈
떡잎들의 노래 대결
푸르게 날아오를 수 없는가
그만 눈감아 버렸던 볼 수 없던

마른 잎
길 위의 마른 잎
어깨 돌아눕던 나날들
바람 소리 슬픔의 키를 덮는
마른 잎 밟아오는 발자국소리.

봄볕

나도 모르게 빛으로
들어와 앉는다

목덜미에서 젖가슴
젖가슴에서 배꼽으로

옷가지를 벗어 던진
나뭇가지의 뼈다귀에
봄은 수분이었다

그리고 봄은
파도 조용한 수면을 일그리며
제비와 잠자리
소망을 펼쳐오는 화신.

봄 색시

꽃송이
하얀 나비 춤추며
날 보라 유혹하네

푸른 물줄기
햇살 소망 담아
터질 듯 부푼

꿈 많은 봄처녀
행여나 임마중 지체할까
서둘러 연지 곤지.

보리밭

곧 입학식입니다
며칠 나와 보지 못한
보리밭이 하루가 다르게
돋아난 싹

나도 모르게
훌쩍 커버린 유년
흰 수건 가슴에 달고

내가 그랬던 것처럼
이제 나의 아이들이
떠나야 할 때입니다

하나 둘
그렇게 떠나가는
아이들의
뒷모습에서

나를 발견합니다
난 충분히 행복하다고
봄의 소리를 들으며.

복숭아

그리움에 빗질한다
한 움큼 빠진 깃털
바람에 날리며
빨갛게 물든 당신
두 개의 젓 가슴을 꺼내 놓았네요.

참외

태양이 녹아드는
비닐하우스 터널 안
틀어 앉은 참외 넝쿨이
하늘을 치닫는다

황금의 꽃봉우리
날개짓을 털며
태양은 녹색의 핏발을 세우고
열병식을 앓는다

바람은 항상
커다란 태양 아래서
흥분하듯 열매가 잉태된다.

꽃구름

만지면 흩어질까
조바심 나는 기쁨
흐트러진 들국화의 보랏빛 향기 속으로
숨어든
소녀의 빨아간 미소

만지면 흩어질까
조바심 내어도
거친 바람 두려움 없이
떠도는 꽃구름

누구라도
태양의 지붕 아래 숨어들거든
파란 하늘 새털구름
신비의 형상 아래
구름처럼 살고파.

6월의 일기

푸른 나뭇잎 사이로 찬란한 햇살이 쏟아지는
유월의 하늘을 달려 봅니다
마냥 서럽고 아름다운 꿈을 가지고
때 묻지 않은 한 마리 사슴처럼 평화롭고 아득한
고향 언덕을 마음껏 달리고 싶습니다
얽어 매여진 속박의 끈을 자르고
생명의 나래를 펼치며
주어지는 시간을 날고 싶습니다
황급히 쫓기지 않는 넓은 마음으로
유유히 시간을 감싸 안으며
한 해의 절반인 유월을 알차게
의미를 되새기며 보내고 싶습니다.

수해 지역

아수라장이 펼쳐졌네
골목마다 대롱 걸린 삶들이 굴러가네
전봇대는 빨랫줄로 둔갑을 하였고
하늘은 힘을 자랑하고 말 없네
둥둥 떠나가는 이불 보따리 쨍그랑 소리
냄비 조각들
파주 연천 아닌 전국 일대가 아우성이다

소 돼지 개 짖는 소리들 메아리만 울리고
국력을 키워낸 아들들을 삼키고
몇 푼의 지폐 조각이 고작이라니
하늘은 노했다 순간을 삼켜버린
훔쳐가는 삶을 어이하리
저 자라나는 작은 눈방울들
잊을 수 있겠는가
수마가 할퀴고 간 그 자리.

가을

새록 새록
추억의 그림자 피어나는
길목 길목마다
어우러진 코스모스

하늘 가득 출렁이는
선들바람
유리알처럼 말간
가을 햇살

여름 내내 일구어 놓은 사랑으로
가을만이 아는
열병을 앓는
만삭의 들판.

바람난 가을

노을은 내 가슴
붉게 물들이고
구름은 먼 곳 한쪽을 베어 문다

파고드는 바람 한 줌에
낙엽은 후두둑
흩날려 외로움으로 구르고

나는
산허리 휘감은 운무를 걷어
성근 허무로 슬픔으로 메꾼다

은빛 마음은
억새꽃 물결로 출렁이고
지평선 넘어 그리움은
먼 하늘을 하염없이 헤맨다.

가을산

가지마다 속잎마다
붉은 등불 밝히고
불타는 가을산의
사랑 실은 단풍나무들
몇 잎은 떨어지고
향기로운 바람은
슬픈 공간에
남김없이 부서진다

허공에 빈 가지만 남긴 채
떨어진 낙엽들은
바람결에 유랑하며
열매들은 뒹굴며
다음해 싹을 틔우기 위해
욕심 부리지 않고 스스로
자기 집을 향해 안식한다.

달빛 아래서

차가운 달빛 아래
오락가락 가을 햇살
서릿발 되어 가슴으로 날아오는데

달빛에 찢어진
가을의 향기
메마른 가지 끝
어둠에 취한

감 열매의 미소는
행복에로의 초대
우수수 쌓인 낙엽 밝으며
숲의 고요 속으로
조용히 다가서는

시인들의 발자국 소리
빠알간 노을 사이로
그대의 해맑은 미소
시를 토한다.

늦가을 문턱

왜 이렇게 급하고 분주할까
올 것이 다 오고 있는데
대롱 걸린 호박잎 늦가을 호박잎 대롱 걸리듯
스산한 바람이 나를 몰아 세운다

짙푸른 여름도 저만큼 앞장서 가고
종종했던 또 한해가 장을 넘기고
다시 볼 수 없는 나의 그 정취 밤
맥없이 책장 넘기는 손 다급해진다

무심한 내게 던진 그 말이
왜 나를 급하고 분주하게 할까
가을의 문턱 와 있기 때문일까
종종했던 내 발목이 여기서 쉬고 있다.

노을

번져가고 있다
내 안에서 시작된
그리움의 물결

온 들판을 적시고 있다
젖은 풀잎들
가련한 떨림으로 피어나는 들꽃들
바람마저 끝내 익사하고

먼 들녘 끝자락
어둠을 삭이며
달려오는 노을 벗들.

첫눈소리

멀어져 간
그리움처럼
첫눈 내리면

하늘 가득 부서지는
작은 알갱이 속에
잊혀져 간 당신 모습이 보인다

사각사각 하얗게
첫눈 오는 소리가
떠나간 당신 목소리일까

소금꽃에 취해
눈꽃에 취해
마음에도 눈이 쌓인다

어둠 속
온 몸으로 춤추는
허망한 그리움 되어 쏟아진다.

거울

아침이다
머리칼
거울 안에서 흩어진다
그녀는 깨어
맨발로 걸어간다

나뭇잎이 흔들리고
나뭇잎 같은 그대도 흔들리고
예고도 없이 꿈은 허물어진다

마침내
나는
그대의 그림자가 된다.

겨울비

갈길 잃은 비 무리
유리창에 부딪히며
수없이 졸도한다

겨울 긴긴 밤
어디고 흩뿌리자
뿌리도 없는 춤을 추며

사월을 기다리는 손
실 같은 바람에도 촛불은 알까
알고 있을까

어둠에 갇힌 비는
보이지도 않는
비명을 지른다

누구든 눈치 채게
어두운 귀를 때린다
촛농을 흘리면서
뜨겁게 타오르는 촛불처럼

긴 밤 강한 미끄럼을 탄다.

4

천년의 고독

행운목

긴 겨울을 지나
봄 가뭄을 이기고
단단한 벽을 뚫고
고개를 내미는 연푸른 힘

모든 이에게 행운을 가져다
주는 신선한 떨림이
호흡을 불규칙하게 토한다

만물의 영장으로도
엄숙해질 수밖에 없는
생명
아무리 들여다보아도 보이지 않는 신비
손 끝에 느껴지는 경이로움
이 소중한 생명 행운목.

고목

돌담의 이끼 풀어
나이테에 잠긴 숨결

맹 고불의 청백리상
행단위에 보듬고

인간사
지켜본 고목

흰 구름 산자락에
구름 펴고 누웠다가

허리춤 상처 맨 채
은행 알을 빚는구나

옥구슬 흙에 묻혀
돌아누운 세월 속

설화산
그늘이 지면
하늘마저 눈을 감고

짐작만한 무거움에
서성이던

쌍행수
외로운 절개
서슬 푸른 청백리여.

능소화 2

여린 줄기를 뻗어올려
뜨거운 그대 가슴에 묻는구나
핑크빛 보드라운 입술
불길을 마다하지 않고 뿜어대는

훈훈한 마음으로
당신을 맞이하려 했던 가슴에
금이 가는구나
목청껏 울부짖는 매미 한마당

다시 태어나도
빈 자리에 매달려
선홍빛 가슴을 여는
군자꽃이 되리라.

담쟁이 넝쿨

시멘트 담벼락을
꿈의 덩굴째 손대
휘감고 올라가는
상승작용이 놀랍다

하늘을 뚫고 쏟아지는 햇살
허리 가슴으로 온기를 받으면서
빛을 찾아 촉수를 뻗는다

높고 밝은 햇살 덮으려고
중심을 잡아가며
엉키지 않으려 발버둥치며
제자리 문패 찾기
연습을 한다.

마량이 동백꽃

서해 비인만 언저리
잠자는 파도

춘장대 해수욕장 바라보며
풍어와 무사고 비는

450년생 85그루
최북단에 핀
바알간 요정의 동백꽃 숲

해풍 막아주는 적송 군락
솔 구비 싹싹 밟는 소리
해상사고 비는 노파의 꿈
매년 정월 초하루
안위 비는 동백정.

목련 3

기다리는가
북으로 향한 몸짓
그리고 목마름

시샘으로 뜨거운
사월의 속살
알몸으로 수줍은
너의 해가 뜬다.

바다는

보석처럼
한없이 빛나는
바다는,
아침해를
한없이 밀어 놀리는
바다는
우뚝 내 앞에
님처럼 서있네.

배추꽃

노오 란 배추꽃
봄 햇살 쏟아지는
들판에 얌전히 앉아
훨훨 허얼
날아드는
봄 나비의 나들이
조용히 머금은 미소로

황토밭 위에 엎힌
거름의 내 마음도 정다운 봄

겨울 고쟁이에
흙 묻은
흰 고무신 신으시고
머리에는 흰 수건 두르신
배추꽃 님

들판으로 숨은
옛 어머니의
부지런한 땀방울이
그립구나.

백송

추사고택 언저리
고조부 묘소 앞
외롭게 서있는
하얀 소나무

추사 김정희
중국 종자 벼루 뚜껑에 숨겨와

크고 굳센 자태
민족기상 당당하리
길손 멈추게 하는
섬섬옥수 그 이름 백송.

3월의 목련 1

하얗게 바랜
한 세상 번뇌

다 밀어내고
잘 다려 입은 옷깃 사이로
맥박 뛰는 소리

용트림치는 세상의 희열
촛불을 치켜들고
실오라기 벗어 던지는
새아씨의 첫날밤.

장미꽃

둥글게 피어오르는 보름달
늘씬한 다리에 파란 스타킹을 신고
나폴 춤추는 그녀
호랑나비 한 마리를 위해
온몸을 가시로 덮고
오직 그대만을 위해
당신은 곧은 절개 지키며
태어난 한 송이 장미여.

오월의 아카시아

오월의 아카시아
나무 벤치에 앉아
하안 달을 바라볼 때

달빛처럼
별빛처럼
내 머리위로 쏟아지는 향기

향연 바람 타고
마지막 봄의 자락
불던 바람아.

연꽃

우수에
젖은 듯한 마음을
보고 있노라면
그대는 천 년의 연꽃이어라

연모 깊은 바닥에
두 발 세 발로 서서
수면으로 연분홍 얼굴
내밀면 나를 반기고 있지만

내 어찌
그대의 힘든
발버둥을 모를까

무더운 여름날
나 그대에게
가슴속에 맺힌 설움
힘찬 소낙비로
한 설움 털어내시게나.

아침풍경

아침에 문 열면
한 아름 새떼
여리고 부드러운 햇살 조각
종종 찍어 먹고

저녁에 문 열면
나뭇가지에 앉은
신비로움 저녁놀
그 향내나는 지저귐

알몸인 채 더 선명한 빛으로
톡톡
팝콘처럼 튀어 오른다.

숲속의 작은 집

아직 움트지 않은
봄눈은 숲으로 내리고

내밀어도 손 닿지 않은
어둠의 거리가

하얀 바람이 파편으로
흩날리는 한낮

푸른 영혼들이 모여들고 있다
꽃잎이듯 떨어지는 구름비

여린 어깨와 서러운 발걸음
외진 산길 모퉁이에서
못내 한 아름 눈물로 안았다

나무 사이로 흩어진 꽃잎은
흩어지는 대로 흔적없이 사라지는
이 고운 어머니의 시간

비어 있으므로 맑은 어머니의 품안에
메마른 사랑이 방황하던 사치가
지금은 잠시 잠들어 있다

그 마음 엘림의 동산으로
한 무리의 양떼처럼
삶의 맛을 잉태한다.

수채화

한 잔의 차를 마시며
방울방울 떨어지는
빗방울을 세며
소녀처럼 속삭이다
수줍음 한껏 머금은
당신은 그저 우연의 만남
아니 당신은 살아가며
만나는 필연의 사람
그런 생각 속에
마냥 편안 당신은
빗방울처럼 맑은 영혼
그 영혼을 간직하고 싶다.

돌부처

어느 누가
혼을 불어 넣는가
돌은
천년 미소를 짓는다

속세의 온갖 일
뜬구름 일이지만
침묵 속에 진리는
빛과 함께 흐른다

향처럼 피어오른
자비스러운 부처 앞에
두 손 모으는 중생
한도 소원도 풀어주고

온화한 얼굴은
언제나 세상을
밝게 비춘다.

구름 나그네

나뭇가지에
스치는 바람결 위에
하루하루 걸어가는 구름
길이 험하고
힘에 겨워도
나의 고향이 있기에
오늘도 떠도는 걸세.

민속 박물관

역사 앞에
자랑스럽게 떡 버틴 몫이여

입질 오르내림에
문을 족쇄 채울 뻔했던 박물관
다시 태어난 가슴이여

성에 낀 둘레마다
그 숨결 그 자취
한 올 한 올 살아 숨쉬는 문화여

초롱불 밝혀
미래 손 유산을 지켜
길이 길이 보존해 가는 무덤 박물관.

5

잃어 버린 날들의 초상

허물벗기

가자 가자 이젠 가자
향기 같은 세상의 바람 많기도 하다만,
나의 머리칼을 스치거나 때론
옷자락 흔들어대며 지나는
거센 바람도 많더라만

너 외에는
모두
네 몸 곳곳 골짜기도 지나고
험한 산등성이도 넘어 넘어도 가볼까
세상이 뭐라 하든

긴 머리채 눈물 뿌리며
나의 어깨 흔들어대는 너의 이름은
무엇인지
봄바람도 아니고 황사바람도 아니고

가자
평생 비바람아 너 이외에 부질없어
이제는 나도 바람 내 바람이다.

기도

티끌 하나 취한 적 없어도
정표 하나 나눈 적 없어도
뜨겁게 솟구치는 건 사랑인가
흘려도 흘려도 눈물이 마르지 않는 사랑
그대 향한 그리움이 사무치기 때문에
나는 바람 부는 언덕에 서 있었지
마셔도 갈증이 가시지 않은 까닭
모든 것을 태웠는가
사무침의 열정까지도 폐허의 찌꺼기
위에 또 불을 지피고 지펴도
남은 흔적 때문인가.

촛불 기도

무슨 한이 그리도 사무치어
그 고운 속마음을 태우시나요
너울 너울 타는 불꽃
그 누구라 그 마음 아오리까?
흐르는 눈물도 차마 아쉬워
알알이 진주 되어 맺혔습니다
아름다운 불꽃으로 승화하시어
그대 참 인생으로 환생하옵소서.

이별의 전주곡

훨 훨 훨
갈대는 울어 젖히고
새털구름 분주히 보따리 싸는구나

누가 사랑을 떠나며
이별을 노래하나

저 산자락 끝
훨훨 타오르는
사랑으로
임의 마음
뒤돌릴 수 없구나

언덕에 들국화는
사랑을 손짓하는데
떠나는 너는
이렇게 고통을 주는구나

바삭바삭 가슴 앓은 소리
이별이 가까울수록 사랑은

불을 삼키고 혀끝이 붉은 포도주
이별을 마신다

떠나는 계절엔
그대
내 마음 한 번 더 흔들어 줘.

이별 후

사랑을 찾기 위해
삶의 소중한 단편들도
과거의 영상처럼
버릴 수 있었네

광활한 바다와 부딪치는
모래성이 되어도

발자국을 남기고
뒤돌아 회상할 때에도
지고지순한
사랑을 위하여.

그냥 이대로이고 싶다

그냥 이대로이고 싶다
바라보는 그대로
쳐다보는 눈빛 그대로
서로 편하게 대화하는
서로 편하게 웃는
서로 느끼는 가슴 한 쪽
서로 바라보며 즐거운
그런 편한 그대로
그냥 이대로이고 싶다.

친구 6

서로의 만남은 우연일까
서로 바라보며 느끼며 생각한다
마음과 마음을 열어놓고
생각하는 삶 그대로
부디치며 느끼는 감정을
감추려 해도 표현되는
감정을 그냥 열어놓고
말하고 묻고 그러면서
느끼며 가슴 설레이는
그 마음 그냥 간직하고
족쇄를 채우자.

연타래 인연

꽁꽁 얼어붙은
너와 나의 인연을
불설초로 승화하여
부드럽게 피어나는
빨간 석류빛이고 싶다

한 알 한 알 정을 박은
금빛 꽃술이고 싶다
명주 실타래 엉크러진
전생 업인가
한 올 한 올 풀어가는
세월에 엉킨

투명한 해탈 유리로
알알이 꿈을 박은
하얀 석류 씨알이고 싶다.

미련

마음에 가득한 사랑
어렵사리 보냈는데 다시는
만나지 않으리라 등을 돌리고
걷는데 또 다시 자리매김하는
가슴 뜨거운 눈물.

살며시 다가오렴

가끔은
처마 끝에 부서지는
악수의 흔들림만으로도
마음은 흩트러지거니

살며시 다가오렴
네 발자국 소리에
귀 기울이는 내 마음

꽃처럼
새처럼
먼 듯
가까운 듯
촉촉한 너의 미소.

돌이킬 수 없는 말

뱉어 버린 말
쏟아 버린 말
놓쳐 버린 기회들이
돌아오지 않는다

나의 인생은
늘 나를 유혹하고 있으나
잠시도 방심할 수 없는 말은

무심코 뱉어 버린 순간들을
나와 또 다른 잉태를 한다
화살처럼 날아간 세월 속에

또 다른 잘 익은 말과
덜 익은 말이
마지막 한 번의 기회를
나는 기다리려 하지 않는다.

흔적

가파른 언덕 넘자하니
고통의 수레는
삐거덕
쉬라하고

망망대해 부서지는
포말의 절규

눈물의 고랑으로
패인
지난 삶의 흔적이여.

화려한 외출

너를 보면 난 쓰러질 것 같아
밀물처럼 부풀어 오르던 설레임의 시간들
술렁이는 숲 속으로 빠져들고
우뚝 서있는 소나무의 허리에 등 두드리고

서로를 이어주는 번득이던 마음의
창과 함께 걷고 있었음에

이제 난 거짓의 자갈이 굴러다니던
네 웃음소리 네모난 보자기에 싸서
던져 버렸어

마음 속 깊은 골짜기 미련 없이
던져놓고 돌아오는 길
혼자서 맴도는 잠자리…….

홀로서기

홀로 산다는 것은
수 없이 반복되는 죽음의 유혹을
이겨내는 것이다

인간은
누구나 주위에 있는 사람을
믿고 의지하고
온실 속의 꽃처럼 살기를 원한다

그러나
믿고 의지할 사람이 있을 때
거센 바람 속에 섰을 때

비로소
뿌리를 깊게 내리고
홀로서기를 할 수 있는 것이다.

꿈

무엇일까
내 안에 고독
초침 소리마저 밤을 찌른다
밀폐된 상자 속에 처박힌
고통의 숨

어둠은 아무래도
이승이 아닌 것 같다
넓은 거미줄 바람에 흔들리고
악몽이 여러 번 지나간
그 흔적을 찾아

내 삶을 밀가루 반죽하듯
끓는 물에 밀어 넣는다
싱겁다
고놈의 눈물을 집어 넣는다
누워서도 내일 아침식사를
천장에 그리며…….

꿈속의 그림자

누가
내 몸 안을 들여다 보고 있다
슬픔의 절망을 키우며
허물어 가는 어둠 속

천근만근 무게로 가위 눌리는 잠
이불 속 목 졸리던 비명
식은땀 위에

풀 바르는 창호지처럼 들어 붙어
굳은 몸으로 조인다
두려움에 팔을 뻗어 스위치를 누르면
불빛 아래로 재빨리 어둠은 숨는다

탈진한 내 등은
십년 묵은 동반자와
누워 먼동을 기다린다.

나를 위해

나를 위해
노래를 불러 준다면

누군가
나를 위해
눈물을 흘려준다면

떨리는 마음에
다정한 음성
스미어 오면

행복의 바구니에
사랑의 열매
고이 싸 담고
불멸의 기쁨을
온 천하에 찬미하리라.

대반란

네 가진 것들을 몽땅 버리고
창과 방패로 막아
현실에서 도망치고 싶다
가끔은 아주 가끔은
지금에 난 내가 아니라고
스스로를 부정하며
거꾸로 걷고 있는지도 모른다
빠져나올 수 없는
협곡을 걷는다 할지라도
가끔은
돌풍 같은 어둠 속에서
잃어버린 자아를 찾고 싶다.

마음의 풍차

저마다 가슴깊이 간직한 그리움
부끄러운 삶의 노래가 끝날 때
그것은 부끄럽지 않은 고통
날마다 조금씩

닳아지는 이름 석자 부둥켜 안고
우리는 더 이상 할 말이 없어요
사랑도 인생에서 외나무다리 같은 존재
보고 싶어서 우는 게 아니고요

내 서러운 삶에 대한 반항이고요
내가 바다로 나갈 때
물이 되어 오신다면
오늘밤은 울어도 말 못할 가슴은 아니고요

아직도 꽃처럼 틀 수 있는
식지 않은 뜨거운 사랑은
이기고 싶은 거랍니다.

마음의 창

어찌 말이 없는가
밤의 창은 말이 없는가
무엇이 하늘을 태워
적막은 귀를 열고
산 넘어 가는 별 하나
반짝 빛을 물었다

천사의 옷을 둘러
고요한 속삭임이여
서곡의 숨소리이듯
밤공기가 새는데
바닷물 끓은 물소리
마음의 창 젖어 오른다.

마음을 비우며

사노라니 감당할 수 없는 시간들이
안개에 휘감겨

절름발이 세상
돈 무게 저울질하는
가증스런 생활이 웃긴다

마음을 비우는 날에
얼마나 더 울어야 하는지
살아가는 방법을 배운다는 것이
진실뿐인데

거짓이 진실로 목청 돋은 시대가
불쌍한 사람을 만든다.

불청객 불면증 2

밤새도록
은하수만 바라보다
흐르는 눈물
베갯잇 적시고

시린 눈
감고 또 감아
억지 잠을 청하여도
이리 뒤척 저리 뒤척

풀잎 같은 그대여
어느 때나
가파른 언덕 넘어 올거나.

빛 바랜 사랑

살며시 다가서는
흐린 기억 속 얼굴 보고파
가끔 빛 바랜 추억처럼
다가서는 첫사랑
잊은 줄 알았는데

손 내밀며 닿을 듯한
그대
사랑했어다는 말 못하고
보내야 하는 꿈길

멍한 머리 내저으며
그땐 몰랐어
그것이 진짜 사랑인 줄…….

잃어버린 그림자

찢어진 날개로 울기엔
너무 깊어진 사랑
혼절하듯 죽음의 향기로 목을 축이고
임의 음성을 사모하나이다

파열된 심장의 핏자국이여
붉은 꽃 한 송이 입에 물고
혼을 부르는 영혼의 몸부림이여

잃어버린 날들의 초상은
하이얀 날개로 울기엔 너무 깊었던 사랑

찢어진 날개 퍼덕이며
눈물로 이어진 사랑이여
길이길이 잠 드소서.

엘림의 환호성

저녁놀 눈부신 나래를 펴고
아름답게 고이 물들어 갑니다
붉게 타오르는 저녁놀
여러분, 이 멋진 광경을 바라보지 않으시렵니까?

싱그러운 얼굴 해맑은 눈길
눈부시게 설레는 태양의 눈을
여러분 가슴에 고이 간직하며

외롭고 가난한 가슴에는
예쁜 꿈 피어 사랑을 가꾸게 하여
따뜻한 미소로 작은 행복도 서로
나누며 내일의 삶이 더 풍요롭고
밝고 환한 빛으로 채워지게 하소서

마음을 활짝 열고
저 높은 하늘을 바라보지 않으시렵니까?
자기 할 일을 망각하고
세상을 아무렇게나 살아 버리기엔
아직 너무 이르지 않나요.

어둠의 길

하루의 길목에선
마지막 시간의 난간
들녘도 산마루도
적막 속에 다 태워도
은밀히 그림자 두고
멀어지는 자국소리
비틀비틀 흔들리며
몸 맡긴 길을 따라
너울 쓴 먼 산 바라보며
점점 잠겨드는 때에
아픔의 모서리에
불빛 하나 닿는다.

약속

언제나 바라보아도
너는 새벽처럼 미소 짓는다

가슴에 흐르는 강물로
내 꿈에 넘실댄다

옛 기억을 길어 올리는
순수의 약속

나는 눈 부셔
너를 잃고

오직 타인이
타인이 되는 것처럼

다시 붙잡을 수 없는
바람을 밀치고

찬 숨결 일렁이는 들녘에서
우린 또 기다려야 하는가.

친구여

가련한 몫이여
마음의 실타래
한 올 한 올
엮어 올리면

못다 떨군
밀월의 그림자
물살 흔드는
고운 웃음 흘러 보내니

심연 깊은 곳
친구들아
무정한 친구들아
광야에서 홀로 서

작아진 이 인생들
얼마만큼이나
즈려 밟고 가시려나.

해후

마음껏 날개를 펴지만
어둠 속이다.
하늘 높이 솟아올라
답답한 가슴 한 채
여러 번 울부짖는 통일

부딪쳐도 합칠 듯
떨어지기만 하는 그 님
마음껏 불러보고 웃고
만나자고 외침도 한계
각성하자고 떠들어 봐도
나팔 소리뿐

눈물이 세월이지만
탐스러운 꽃
외면하는 그 님
암흑의 탈출에서
깨어나 웃음꽃 피워주세요.

추억

찢긴 자유는
지금쯤
어느 사구에서
선인장으로 자라고 있을까

새로운 기억을 창조하는
오늘이란 숱한 허무

잊혀진 장면들이
색 바랜 사진첩에서
웃으며 달려 나온다
살아서.

자연 친화로 빚는 서정미

신집 '행복의 껍질은…'에 붙임

자연 친화로 빚는 서정미
시집 「행복의 껍질은…」에 붙임

장 백 일
문학평론가/국민대 명예교수

Ⅰ

시의 씨앗은 정서다. 정서는 밖으로부터의 자극에 의해 일어나는 나의 신체적 변화가 현저한 감정이다. 즉, 어떤 사물 또는 경우에 부딪쳐 일어나는 온갖 감정과 상념 그리고 그런 감정 등을 불러일으키는 기분과 분위기다. 인간의 본능을 기초해서 일어나는 희·노·애·락·애·오·욕·공포·불안(喜·怒·哀·樂·愛·惡·欲·恐怖·不安) 등 본능 감정의 내면적 경험이다.

이는 시간의 흐름에 따라 특정적인 상태를 보여주는 시간적 경과(발단 감정, 주요 감정, 종말 감정)인 표정과 몸짓 등의 신체적 변화가 따른다. 또 다른 사물에 주의를 집중시켜 힘을 빼앗는 장애금지도 갖는다. 그래서 정서가 시를 낳는 어머니라면 서정시는 정서를 주관적 관조적 수법으로 자기 내부감정을 나타낸 시다. 그 점에서 서정시는 정서의 꽃이다.

　이제 필자는 이 글에서 시집 「행복의 껍질은 벗길수록 빛난다」의 시심을 캐는 심리학자이고 싶다.

　　Ⅱ

　이 시집은 진솔하고 진지한 순수서정을 뿌리로 심는다. 자연 친화의 관조와 달관을 정애의 언어로 탐색한다. 그 점에서 그의 시는 자연 친화를 시어로 빚어낸 한 폭의 수채화다. 꾸밈도 속임도 군더더기도 없는 청정한 시심을 보고 느껴진 그대로 채색한 풍경화다. 그의 시의 특징은 바로 여기서 찾아진다. 자연을 관찰하되 청결한 물감(언어)으로 진지하게 어루만짐에서 시는 빚어진다. 그리고 그의 시는 자연 친화의 순례로부터 열린다.

　몇 시간째/ 텅 빈 하늘을 올려다보며/ 손가락 사이에 낀 볼펜 습관처럼 돌아가고 있다// 수천 마리의/ 까마귀 떼/ 모였다 흩어졌다/ 춤을 추듯 돌고 있다// 일렬로 세우지 못한/ 시어들이 고뇌하는 뇌 속으로/ 맴돌고 있다/ 하나 둘 셋…

-〈아산만 까마귀 떼〉 전문

그의 시심은 먼저 고향인 아산만의 까마귀 떼부터 좇는다. 하늘을 맴도는 까마귀 떼는 마치 "손가락 사이에 낀 볼펜의 습관처럼" 하늘을 빙빙 맴돈다. 모였다 흩어짐이 꼭 춤추듯 한다. 또한 그 모습은 마치 시인이 이 시어를 쓸까말까 찾고 선택하듯이 머리 속을 어지럽게 맴도는 것과도 흡사하다. 그로써 그 맴도는 모습을 사실적으로 추적함이 시의 매력이다. 시 〈백마강〉, 시 〈구천동 폭포〉, 시 〈구천동 산자락〉, 시 〈천수만의 철새〉, 시 〈산사의 메아리〉, 시 〈내소사의 길〉 등 또한 고향산천의 자연 친화로 몸을 헹구는 그 신선한 향취를 좇는다.

한 잔의 커피잔에/ 햇살 몇 올 잡아당겨// 육신은 가득 홀에 갇혀 있어도/ 마음은 먼 봄나들이// 나물 캐던 고향 들녘/ 나무 그늘에 묻혀 있던 학창시절// 그리움과 놀라움에/ 나비되어 날은다// 살짝 여미는 문소리에/ 아쉬운 고초 접는다.

—〈돈 돼지의 하루 · 2〉 전문

그의 자연 친화의 서정은 추억과 회상의 나래로도 편다. 몸은 생활에 묶여 있어도 마음은 "나물 캐던 고향 들녘"의 봄나들이를 따르며 나무 그늘에 묻힌 옛 학창시절도 캔다.

시 〈노랑나비〉에서 읊듯 "사랑을 찾아 끝없이 이동"하고
픈 나비이고자 한다. 그로써 추억과 회상을 그리는 한 마
리 나비이고도 싶다. 그래서 인생에겐 재생적 상상이 있어
아름답다고 하는가. 이런 자연 친화의 나비는 공간을 넓혀
봄 · 여름 · 가을 · 겨울 등 사계(四季)를 비상한다. 그 자연
법칙으로부터 삶의 지혜를 깨닫는다.

　나도 모르게 빛으로/ 들어와 앉는다// 목덜미에서 젖가
슴/ 젖가슴에서 배꼽으로// 옷가지를 벗어 던진 나뭇가지
의 뼈다귀에/ 봄은 수분이었다.

-〈봄볕〉에서

　그리움에 빗질한다/ 한 움큼 빠진 깃털/ 바람에 날리며/
빨갛게 물든 당신/ 두 개의 젖가슴을 꺼내 놓았네요.

-〈복숭아〉 전문

　노을은 내 가슴/ 붉게 물들이고/ 구름은 먼 곳 한쪽을 베
어 문다//(중략)// 은빛 마음은/ 억새꽃 물결로 출렁이고/
지평선 넘어 그리움은/ 먼 하늘을 하염없이 헤맨다.

-〈바람난 가을〉에서

사각사각 하얗게/ 첫눈 오는 소리가/ 떠나간 당신 목소
리일까// 소금꽃에 취해/ 눈꽃에 취해/ 마음에도 눈이 쌓
인다/ 어둠 속/ 온 몸으로 춤추는/ 허망한 구름이 되어 쏟
아진다.

-〈첫눈소리〉에서

위에서 살핀 바대로 그가 추적한 네 계절의 서정미는 유
독 감각적인 감상미(感傷美)를 더해 준다. 정갈한 서정이
깨끗하고 아름답다. "옷가지를 벗어던진" 뼈다귀만 앙상
한 나목(裸木)에 물오른 "봄은 수분이었다"는 감각, 여름
복숭아가 꺼내 보인 "두 개의 젖가슴", "지평선 넘어" "먼
하늘을 하염없이 헤맨" 가을, "떠나간 당신 목소리"로 비
유하는 첫눈소리 등은 계절의 미각을 감상적으로 맛보이
면서 그 특유의 감각에 젖게 된다. 그로써 사계의 감각미
는 신선하게 돋보인다. 그래서 형식주의자들이 말하듯 서
정시는 하나의 전경을 응축과 압축의 언어 미학을 통과한
시어로써 '낯설게 하기'인가. 그 실험시를 여기서도 접한
다.

긴 겨울을 지나/ 봄 가뭄을 이기고/ 단단한 벽을 뚫고/
고개를 내미는 연푸른 힘// 모든 이에게 행운을 가져다/

주는 신선한 떨림이/ 호흡을 불규칙하게 토한다.// 만물의
영장으로도/ 엄숙해질 수밖에 없는/ 생명/ 아무리 들여다
보아도 보이지 않는 신비/ 손끝에 느껴지는 경이로움/ 이
소중한 생명 행운목.

-〈행운목〉 전문

이에 자연 친화의 편력으로부터 그는 시 〈행운목〉을 키
운다. 그 나무의 성장을 통해 진통과 고뇌의 인생도 투시
한다. 여기서 '행운목'은 "행운을 가져다/ 주는 신선한"
관념의 나무다. 그러나 그 나무는 모진 겨울을 견디고 봄
가뭄을 이기며 지축의 벽을 뚫고 고개를 내미는 힘찬 생명
의 나무다. 그 성장에서 불규칙한 호흡도 있었지만 살아갈
수록 생명의 신비는 경이롭다. 만고풍상을 딛고 선 '행운
목', 그로써 인생을 비유하며 꿰뚫는다.

이상에서 살핀 바를 뿌리로 삼을 때 시집 「행복의 껍질
은 벗길수록 빛난다」의 주제적 의미는 더욱 구체화된다.
그렇다. 행복은 진통과 고뇌 속에서 그 껍질을 벗길수록
값진 알맹이를 드러낸다. 진정한 행복은 바로 그 지순한
알맹이 찾기다. 그로써 시 쓰기의 시심이 진솔하고 시어를
응축과 함축으로 형상화시킴이 서정시로 돋보여준다. 정
진을 당부한다.

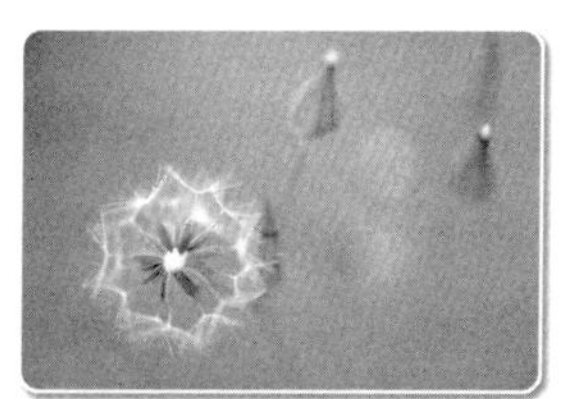

행복의 껍질은 벗길수록 빛난다

2006년 09월 01일 초판인쇄
2006년 09월 05일 초판발행
지은이:서 정 애
펴낸이:이 혜 숙
펴낸곳:도서출판 신세림
        100-015 서울특별시 중구 충무로5가 19-9 부성B/D 702호
등록일:1991. 12. 24
등록번호:제2-1298호
전화:02-2264-1972
팩스:02-2264-1973
E-mail:shinselim@chollian.net

정가 8,000원

ISBN 89-5800-050-3, 03810